한국 희곡 명작선 92

머나 먼 벨몬트

이지훈

평민사

이
지
훈

머 나 먼 벨몬트

등장인물

김기영 : 연출
이제은 : 배우
정안나 : 배우
김상준 : 배우
제시카(Jessica)
포샤(Portia)
바싸니오(Vassanio)

작가노트

· 인물들은 모두 30대 중후반의 비슷한 연령으로 극단에서 한 5~6년 같이 연극 작업을 해 온 사이이다. 연출은 성을 바꿔도 상관없다. 여자로 할 경우 이름은 이지나로 한다.
· 〈베니스의 상인〉의 후속편(sequel)을 각색해 나가는 과정을 담았다. 원 텍스트에 대해 발언하고 싶은 부분을 제시카와 포샤를 통해 드러낸다.
· 배우들과 원작 속 인물들이 겹쳐도 좋고 따로 가도 좋다. 바싸니오의 경우는 한 인물이 한다.

배우들과 연출이 차기 작 공연 〈베니스의 상인〉에 대해 작품 토론을 하고 있다. 극단 TNT 연습실.

상준 (기영에게) 다 썼어?

기영 아니, 아직.

상준 제시카가 주인공이다? 포샤가 아니라.

제은 나도 이번에 제시카란 인물 처음 눈에 들어왔어. 옛날엔 그냥 지나쳤어. 포샤와 바싸니오에게만 관심이 있었지.

안나 제시카가 누군지 모르는 사람들 많아, 우리가 그런 연극 준비 중이라고 했더니 모두 "제시카? 처음 듣는데, 그런 인물도 나왔어?"라고 했어. 사실 우리도 아직 잘 모르긴 마찬가지지.

상준 포샤는 모두 잘 알아, 샤일록(Shylock) 재판의 주인공. 그런데, 제시카는? 잘 몰라. 유대인 샤일록의 딸, 사실은 중요한 여자인물인데.

기영 제시카의 관점으로 사건을 보면 다른 얘기가 될 수도 있을 거야. 아버지와 딸의 관계도 들여다 볼 수 있을 것 같고. 한 딸은 아버지에게 반항했고 한 딸은 아버지 말에 복종했어. 그리고 지금까지 사람들의 관심은 유대인 샤일록에 맞춰져 있었지. 인종차별의 대상, 최고의 빌런(villain), 그리고 한편으론 코믹 캐릭터로 말야. 그리고 포샤의 명 재판 장면이 늘 회자되었어. 우린 이걸 깨고 안 보이던 인물에게 포커스를 맞춰보자는 거야. 이게 지금 우리가 〈베니스의 상인〉의 파트 2, 속편을 쓰는 이유라고.

안나 제시카에게 조명을 맞추면 아마 안 보이던 것들이 보이게 될지도 몰라. 그게 기대 돼. 그런데 왜 제시카에게 관심을 가지게 되었지? 궁금해.

기영 이 작품은 문제극이라고 불릴 정도로 논의거리가 좀 있어. 우선 샤일록의 개종 문제. 목숨은 구했지만 강제로 개종 당하는데 이게 그의 입장에서 보면 비극이지. 하지만 장르는 코미디 범주에 들어가 있어. 그것과 별개로, 우선 제시카의 속마음이 알고 싶었어. 아버지에게 반기를 드는 딸이고, 결말은 로렌조(Lorenzo)와 해피엔딩이지만 과연 그랬을까 의문이 들었지. 또 이 유대인 딸은 아버지와 달리 자의로 개종을 했어. 유대인 개종이 그리 쉬운 문제는 아닐 거야. 극의 결말이 해피엔딩이 되기에는 의심스럽다는 생각을 떨쳐버릴 수 없었거든. 문제들이 좀 많아. 그래서 연극이 끝난 후 이들이 과연 어떻게 되었을까? 상상하는 데서 출발했어.

제은 그럼 〈베니스의 상인〉 파트 2가 되는 거야? 좋아. 제시카는 엄마가 없어. 아버지가 혼자 키운 외동딸인가 봐. 그런데 사랑받고 큰 건 아냐, 그지? 그 반대로 집안 살림 혼자 다 도맡아 하고 별 대접은 못 받은 것 같애. 그러니까 도망을 갔지. 지옥 같은 아버지 집을 벗어나.

기영 60~70년대 우리나라 딸들도 아버지 법에 갇혀서 그렇게 살았었지. 맏딸이 살림 밑천이라는 건 완전 입 발린 말 아니었을까. 가족 특히 아들을 위한 희생양이었지.

제은 그 시대만이 아냐. 요즘 K-장녀라는 용어까지 새로 생겼어.

안나 맞아, K-장녀. 그 딸이 연극해봐, 반대가 장난 아니지. 난 언니가 있어서 좀 피해갔지만. 이제 반대는 안 해, 그것만 해도 감사하지.

기영 그런 사람들 얼마나 많겠어. 반대를 무릅쓰고 연극하는 사람들. 그래서 처음에는 다른 일 해보려고 취직해서 직장에도 다니고. 그러다 안 돼서 다시 연극으로 돌아오시. 연어가 첫 물로 돌아오는 것처럼. 나도 몇 년 회사 다니며 생고생했잖아. 억지로. 상준이가 잘 알지.

상준 그럼 그럼 잘 돌아 왔지. 네가 회사 다닐 때 이 대학로 외계인이 침공할까봐, 혹 좀비가 점령할까봐 내가 눈을 부릅뜨고 지키고 있었다구, 헤헤.

제은 세상이 다 바뀐 것 같지? 미투 운동도 있었고. 하지만 세상이 하루아침에 싹 다 바뀌는 건 아냐. 안 변하는 건 여전히 그대로 있지. K-딸들 많아. 지금도. 나도 연극한다고 아빠랑 한때 관계가 최악이었어. 지금은 좀 나아지긴 했는데 직장 안 다니고 연극한다고 얼마나 눈치 주는데. 그래서 그런 관점에서 제시카에게 포커스를 맞추는 건 찬성!

기영은 자신이 쓴 대본 중 일부를 배우들에게 나눠 준다.

상준 야, 썼구나!

기영   그래 우선 오프닝으로 제시카의 대사를 써봤어. 제은이가 제시카 읽어 볼래? 설명은 나중에 하고. 상준이 지문을 읽어줘. 안나는 포샤를 읽고.

무대는 베니스로 옮겨간다. 상준 지문을 읽는다.[1]

상준   "출렁이는 푸른 바닷물. 제시카, 리알토 다리 근처에서 누군가를 기다리고 있는 듯."

제시카   만나기로 한 장소가… 여기 맞겠지? 바로 이 리알토 다리(Ponte di Rialto) 앞. 그런데 코로나 펜데믹으로 관광객들이 확 줄었어. 길이 텅 비었어. 산 마르코 광장도 인적이 끊어졌고. 베니스라고 피해 갈 수는 없지.

길을 한참 응시한다.

사실 난 리알토보다 '탄식의 다리'(Ponte dei Sospiri)를 더 좋아해. 두칼레 궁전 지하 감옥에 갇힌 사형수들이 사형장으로 나갈 때 지나가던 다리. 다리에 난 조그만 창으로 베니스의 모습을 마지막으로 내다보며 제 운명이 서러워 탄식을 했다고 해서 그 이름이 붙었다고 했는데… 하마터면 아버지도 탄식의 다리를 건너갈 뻔했지.

---

1) 지문은 상준이 계속 읽는다. 표시는 생략한다.

다리 쪽으로 시선을 보낸다.

아버지. 다행히 그때 탄식의 다리를 건너지는 않았어. 하지만 이 베니스에서 완전 매장됐지. 겨우 부지한 목숨으로 유대인 게토로 숨어 들어갔을 거야.

다리 쪽으로 시선을 보낸다.

누굴까? 여기로 날 나오라고 한 사람이. 아버지 아닐까? 집을 나간 뒤론 처음이야. e-mail을 받고 얼마나 놀랐는지 몰라. 만나면? 날 어떻게 대할까?

지금도 기억에 생생해. 그날, 아버지는 낮에 외출했다 돌아와서는 저녁에 다시 외출했어. 특별한 일은 아냐. 비즈니스로 늘 이 리알토 다리로 들락날락 했으니까. 안토니오(Antonio)와 바싸니오가 아버지를 저녁 만찬에 초대했다는 얘기를 듣고 엄청 놀랐지.
별로 가고 싶지 않다고 하면서 투덜거렸어. 기독교인들과 식사만은 절대 같이 하고 싶지 않다는 말을 평소에 늘 했었거든. 안토니오는 우리 유대인들을 미워했고 특히 아버지를 미워하는 거만한 예수쟁이 부자 상인이었어.
하지만 그날, 그럼 왜 가세요?라고 여쭤 볼 마음의 여유가 없었어. 왜냐하면 내 마음이 다른 데 홀려 있었으니까. 오히려 잘 됐다고 생각하고 아버지가 빨리 나가기만을 기다렸어. 아버지가 저녁에 집을 비운 틈. 그 절호의 기회를 절대 놓칠 수 없었으니까.

그날 밤이 내 D-day였어. 나의 Exodus. 탈출의 날. 낮 동안 그 생각에 미칠 것만 같았지. 긴장해서 내 심장은 터질 것만 같았고⋯ 과연 그 남자가 내 계획에 yes를 하고 나타날지 그 생각에도 심장이 곤두박질쳤어. 만일 그가 나타나지 않는다면? 그래도 탈출할 것인가? 혼자? 과연 여자 혼자 집을 뛰쳐나가 살 수 있을까? 하루 종일 그 생각에 혼이 빠져 있었어⋯ 만일, 만일, 만일⋯.

침을 꿀꺽 삼킨다. 긴장이 고조된다.

그래도 난 혼자 갈 결심이었어. 그래서 아버지의 돈과 보석은 꼭 챙겨야 했지. 아버지가 외출하자마자 아버지가 숨겨놓은 현금과 보석을 손에 넣었어. 내 미래를 위해 꼭 필요한 것들이었으니까.

미안하지 않았냐고 누가 물었어. 미안하긴, 누구에게? 아버지에게요? 내가 되물어 줬어. "아뇨, 전혀요, 내가 그동안 아버지 집에서 어떻게 살았는지 알기나 해요?" 내가 단호하게 말하며 쏘아 붙였어. 그리곤 한바탕 퍼부어줬지. "우리 유대인들은 온갖 무시와 차별을 당하고 살아요, 이 베니스 사회에서 말예요, 그런데 그거 알아요? 유대인 여자는 차별을 한 번 더 당해야 한다는 걸. 집안에서는 여자라고 딸이라고 또 구박받고 차별받죠. 난 집안일도 내가 다 해야 했어요. 하나 뿐인 딸인데도 아버지 안중엔 돈밖에 없었어요. 그 돈과 보석은 그 동안 내 노동과 수고에 대한 정당한 대가라고요, 알겠어요?"

그 사람은 아무 말도 못하더군. 난 어릴 때부터 늘 그 집에서 도망갈 궁리를 했고 그날 밤이 바로 그때였어. 로렌조가 집 밖에 나타난 순간. 얼마나 기뻤던지… 그 순간을 잊을 수 없어. "제시카"라고 내 이름을 살며시 부르는 그이 목소리를 듣자 내 속에서 용기가 막 솟아났어! 재빨리 남자 옷으로 갈아입고 계단을 뛰어 내려갔지. 로렌조는 그날 밤 있을 가면축제 행렬에 참가하는 것처럼 꾸미고 있었어. 마스크를 쓰고 횃불도 들고. 아버지가 나가면서 절대 그 무리들을 집에 들이지 말고 문단속을 잘 하라고 했던 바로 그 행렬에 내가 끼어들어서는 거리를 빠져나갔지. 기억에 생생해!

그래. 그날 밤이 바로 내 인생이 바뀐 날 밤이었어. 내 인생을 내가 되찾은 날이었지. 더 이상 아버지 몸종도 아니고, 아버지 집 살림과 재산을 돌보는 집사도 아니고, 그때서야 나는 나 자신, 제시카가 되었던 거야.

잠시 말을 멈춘다. 다리 쪽을 보며 간혹 나타나는 사람들을 살핀다.

그날 밤, 초승달이 떠있었고 별이 총총했어. 베니스에서 마지막 보는 달이고 별이라 생각했지. 로렌조와 난 검은 곤돌라에 몸을 싣고 베니스를 몰래 빠져나갔어. 사람들은 흥분해서 모두 바싸니오의 출항에 몰려 가 있었지.

호화로운 갤리선이었어. 안토니오도 저 산 마르코 대성당 앞 바다에서 바싸니오를 배웅하고 있었겠지. 아마 베니스 사람들 반 이상이 그 출항을 지켜봤을 거야. 아버지도 멀리 뒤에 서서 바싸니오가 떠나는 걸 지켜봤을 게 틀림없어, "내 돈 3000두캇"을 중얼거리며 말야.

조그만 곤돌라 한 대가 반대 방향으로 조용히 빠져나가는 건 어느 누구의 관심도 끌지 않았어. 우리에겐 다행이었지. 배가 먼 바다로 나가자 그때서야 긴장이 풀리더군. 그리고 해방감에 몸도 마음도 붕 뜨는 걸 느꼈어. 우리는 곧 곤돌라를 돌려보내고 큰 배로 옮겨 타서 제노아(Genoa)로 향했지. 난 남자 옷을 벗어 바닷물 속에 집어 던져 버렸어. 오늘 아버지가 나타난다면… 그날 밤 얘기를 꺼낼 게 틀림없어. 그러면 난 아무것도 몰랐다는 것. 그걸 꼭 말해주고 싶어. 그날, 아버지와 안토니오 사이에 그런 계약이 있었다는 것, 그걸 내가 어떻게 알았겠어? 정말 난 아무것도, 1도 몰랐다는 사실, fact야.

포샤가 나타나 다리 쪽으로 가까이 다가온다. 제시카를 보더니 잠깐 의외라는 듯이 놀라지만 아는 척은 하지 않는다. 제시카는 포샤의 출현에 깜짝 놀란다. 두 사람 떨떠름하게 한참 그대로 서 있다. 어색한 침묵이 흐른다.

제시카　(어색함을 참지 못하고) 웬일이세요? 당신이 나타나실 줄은 몰랐군요.

포샤　당신이야말로 뜻밖인데요. 혹시 아버지 대신 나왔나요?

제시카　네?

포샤　날 여기로 부른 건 샤일록 씨인 걸로 아는데요.

제시카　아버지가요? 정말요?

포샤　왜 그리 놀라죠?

제시카　무슨 말인지 모르겠네요. 나도 누군가가 연락을 해서 나왔는데… 아버지라고 생각하고 나오긴 했지만. 당신은 왜?

포샤　그럼 샤일록 씨가 부른 게 맞군요. 나타나면 알게 되겠죠. (사이) 너무 일찍 도착했나봐.

제시카　아, 벨몬트에서 오는 길인가요? 물론 그러시겠죠. 바싸니오 씨도 잘 계신가요?

포샤　뭐, 잘 살고 있겠죠… 아마 이 베니스 어딘가에.

제시카　(놀란다) 네? 그럼 그 소문이 사실이었나?

포샤

제시카　두 분이 헤어졌다는 소문.

포샤

제시카　어머나! 그랬군요. 믿지는 않았어요. 두 분의 행복을 질투하고 시기하는 사람들이 워낙 많았으니까 헛소문이라고 생각했거든요. 그런데… 사실이었구나.

포샤 소문이 언제 제노아(Genoa)까지… 빠르기도 하네.

제시카 그럼 그 후 벨몬트에서 죽 혼자? 아 네리사(Nerissa) 씨가 있군요. 여전히 같이 있겠죠?

포샤

제시카 그럼 네리사의 낭군인 그라시아노(Gratiano)씨는요? 여전히 벨몬트에 계시나요? 아니면….

포샤 질문이 많군요. (약간 주저하다가) 그라시아노도 같이 사라졌어요.

제시카 네?

포샤 말이 많고 헐렁헐렁하던 인물이었잖아요, 얼굴만 미끈하고….

제시카 (웃으며) 전형적인 베니스 남자라고 해야겠죠.

포샤 베니스로 왔다 갔다 하더니 벨몬트 시골이 답답했던지, 아니면 네리사가 답답했던지.

제시카 제가 벨몬트를 떠난 후 많은 일들이 일어났나 봐요.

포샤 그런 셈이죠. 세월이 언제 그렇게 흘렀는지.

제시카 곤돌라를 타고 로렌조와 함께 베니스를 빠져나가던 그날 밤이 아직 생생한데.

포샤 두칼레 궁전의 10인회 법정이었죠. 거기서 당신 아버지를 멋지게 이겼던 게 엊그제 같은데… 당신 아버지는 그때 죽은 거나 다름없었죠. 기독교로 개종까지 해야 했으니 말예요. 안토니오는 의기양양하게 살아서 그 법정을 나갔어요. 두 사람의 운명이 반대로 뒤집혔잖아요? 내 생애 가장 피크였던 때라고 해야겠군요.

제시카 베니스 사람치고 그 재판과 판결을 모르는 사람은 없죠. 저는 그때 벨몬트의 당신 집에 발을 들여놨던 순간이었죠. 뭐가 뭔지 아무것도 몰랐고 나중에야 살레리오가 자세한 걸 말해주더군요. 아, 그때 얼마나 놀랐는지… 안토니오 씨가 아버지 때문에 위기에 처했는데 당신 집에 머무는 게 바늘방석에 앉은 것처럼 마음이 따끔거리더군요.

포샤 (잘난 척) 흥, 그랬나요?

산 마르코 대성당의 종소리가 들린다. 정오를 알리는 종이다.

제시카 만나기로 한 분이 우리 아버지라구요?

포샤 왜 만나자고 했는지 궁금해요. 혹시 내게 앙갚음을 하려고….

제시카 앙갚음?

포샤

제시카 그런 힘이 남아 있을지. 전 사실 아버지 소식을 몰라요. 아직 여기 베니스에 살고 있는지도 모르겠어요. 튜발(Tubal) 아저씨 집이나 아니면 무라노(Murano) 섬에 있는 다른 유대인 게토로 들어갔을까요? (사이) 저도 제노아에서 다시 돌아온 지 아직 얼마 되지 않았어요. 아버지를 수소문할 생각조차 못하고 있었던 걸요. 사실 돌아가셨을지도 모른다는 생각도 했어요.

포샤 하지만 아직 살아 있는 건 틀림없죠. 내게 만나자는 전갈을 보냈으니까요. 날 다시 베니스로 불러낸 게 이번에도 당신 아버지라는 점이 놀랍지 않아요? 다시 보게 되리라고는 전혀 생각지 못했는데. 기억에 생생하죠. 당신은 보지 못했지만 난 그 법정에서 모든 걸 봤죠. 안토니오와 바싸니오의 환희, 그리고 사색이 되어 벌벌 떨던 샤일록씨의 얼굴, 마지막에 살려달라고 애원하던 그 얼굴, 그리고 바닥에 엎어져서 기어나가던 모습.

제시카 기어 나갔다구요? 저런… 불쌍해라….

포샤

제시카 이런 말은 안 해 줬잖아요.

포샤 승리에 취해 있었죠! 승리자의 관용이 당신을 우리 집에 받아준 거고. 뭣 하러 그런 소릴. 묻지도 않았는데.

제시카 나도 내 사랑의 승리에 취해 있었죠. 아버지 운명 따윈 안중에 없었고, 벨몬트의 여왕인 당신에게 잘 보여야 했죠. 당신은 날 받아들이긴 했지만 당신 눈빛은 싸늘했어요. 로렌조 때문에 날 내치기는 어려웠겠죠. 그리고 바싸니오 씨는 워낙 친절하고 부드러운 분이라 날 따뜻이 맞아 줬고요.

포샤 (냉소) 친절하고 부드럽고… 바람둥이에 낭비벽… 그리고….

제시카 네? 바싸니오 씨가요?

포샤 아, 아무 것도 아니에요. 못들은 걸로 해요.

제시카 (흥미를 느끼며) 어머나, 바람둥이라니! 하하하

포샤

제시카 (얄밉게) 당신이 모르는 사실 하나 더 알려드릴까요?

포샤

제시카 그때 베니스에는 알 만한 사람들은 다 알고 있었는데 - 소문이 벨몬트까지는 가지 않았다는 게 증명되더군요. 당신 소문은 베니스에도 자자했었는데 말예요. 부자 상속녀라고.

포샤 (기분 나쁘다) 그것까지 말할 필욘 없어!

제시카 알고 계신 모양이죠. 그렇담 내가 군이 말할 필요까진 없죠.

포샤

제시카

포샤 로렌조는요?

제시카 로렌조? 궁금하신가 봐? 뭐, 잘 살고 있겠죠… 아마 이 베니스 어딘가에.

포샤 (냉소) 그 말은 헤어졌다는 말인가요? 사랑의 도주까지 해놓곤… 그 소문은 왜 안 났을까?

제시카 소문이 벨몬트까지 가진 않았나봐? 호호호.

포샤 관심이 없었으니까 소문이 나도 몰랐을 거라고 해두죠. 그런데 오늘 당신이 나타날 줄은 정말 몰랐는데.

제시카 마찬가지예요. 혹시 또 누가 나타날지 알고 있나요? 그때

그 재판의 주인공들이 다시 모이는 거라면… 안토니오 씨도 나타나시려나? 재밌는데?

포샤 흥, 아가사 크리스티(Agatha Christie) 소설 같군. 사건에 연루된 용의자들이 다 한 자리에 모이는 게. 혹시 셰익스피어(Shakespeare) 선생도 나타나실까? 사실 작가 선생에게 따질 게 좀 있긴 해.

제시카 (비웃음) 따진다고요? 호호호 뭘 따지겠다는 거예요? 당신을 그렇게 완벽한 인물로 그려주었는데, 따질 게 있다면 내가 있죠. 벨몬트의 여왕, 당신이 찬란히 빛나는 동안 난 어두운 구석에 쭈그리고 서 있기만 했어요. 마지막 5막 1장, 한 장면에서 겨우 주목을 받았을 뿐. 그것도 너무 짧았지. 당신이 곧 등장하니까.

포샤 그래서 당신은 뭘 따지겠다는 거죠? 누구나 맡은 역이 다 다르다는 거, 잘 아실 텐데? 난 주인공….

제시카 따질 게 있죠. 있고말고요. 오늘 작가 선생도 나타나길 바라야겠어요.

포샤 잠깐, 샤일록 씨가 아니라 어쩌면 작가 선생이 나를 소환한 건지도 모르겠네요? 뭐, 두 사람 다 와도 상관없고. 저기 – 궁금해지네요, 자기가 따질 게 뭘까? 최고의 수혜자가 바로 당신인데. 그렇잖아요? 심지어 당신은 악질 아버지에게서 해방되고 크리스천 남편과 맺어져 해피엔딩이지. 게다가 재산도 두둑하게 확보했어!

제시카 그건 당신도 마찬가지. 당신은 베니스 최고 미남을 남편으로 맞아 해피엔딩? 그런데 그 안락한 삶이 백년해로로 이어지지 못해서 유감이에요. 호호, 그리고 재판정에서 총명함과 현명함을 드날려 불멸의 캐릭터가 됐잖아요. 그런 영광이 어디 있나?

포샤 그렇다고 할 말이 없나? 제시카, 어때요, 우리, 작가 선생에게 따질 게 있다면 지금 서로 말해 보는 건 어때요?

기영 우선 여기까지.

안나 따질 게 뭘까? 나도 궁금하네.

상준 남자 캐릭터는 안 나와? 난 계속 지문만 읽는 거야?

기영 아직 완성된 건 아냐, 넌 샤일록도 될 수 있고, 또 어쩌면 셰익스피어도 될 수 있어.

상준 나중에 나타나는 사람이 샤일록이길! (일어선다)

"그래 난 유대인이오. 유대인이라고 눈이 없어? 손이 없어? 오장육부, 사지 오체, 감각, 감정, 정열 다 있어. 당신네 예수쟁이들처럼, 똑같은 음식을 먹고, 똑같이 상처 나고, 똑같이 병나고, 그럼 같은 약으로 치료해. 겨울에는 추워서 따뜻하게 하고, 여름에는 더워서 시원하게 하지, 우리라고 찔려도 피가 안 나나? 독을 먹으면 안 죽어? 유대인 우리들이 예수쟁이 당신들에게 잘못하면 당신들은 어떻게 하지? 복수하잖아. 만일 당신들이 우리를 학대하면 우리는 어떻게 해야 하지? 우리도 복수야. 당신들이 그렇게 가르쳐준 대로 우리도 그걸 실행할 거야, 복수! 그 가르침

을 잘 따라 당신들처럼 해야지" (3.1.46–55)

상준이 동결된 동작으로 퍼포먼스를 마치자 모두 깜짝 놀란 눈으로 박수친다.

안나　　와, 그 대사 다 외웠네?

상준　　그럼, 외웠지.

안나　　김칫국? ㅋㅋㅋ

기영　　샤일록의 유명한 대사이긴 한데, 아마 우리 대본에 넣지는 않을 거야.

상준　　쳇, 실망이군 (샐쭉)

제은　　두 여자가 모두 남편이랑 헤어졌구나, 흥미 있어. 둘이 서로 튕기면서? 계속 읽고 싶다.

안나　　원 텍스트 내용이 좀 요약되긴 했는데… 이 정도면 알아먹겠지? 제시카 독백 부분이 집 나가는 바로 그날 밤이야, 로렌조가 안 와도 진짜 혼자 나갔을까?

기영　　나가고도 남았어. 성격이나 의지가 강하지. 제시카의 첫 대사를 통해 이 작품이 〈베니스의 상인〉의 일종의 시퀄 (sequel), 파트 2라는 점을 부각시키고 싶었고. 하지만 엔딩을 비틀어 절대 해피엔딩의 코미디가 될 수 없다는 점도 강조하려고 해.

안나　　그래도 모든 커플이 행복하게 신방에 들어가는 걸로 끝나고.

상준   (끼어든다) 안토니오만 빼고.

안나   해피엔딩으로 막을 내리지. 원작은.

기영   셰익스피어는 그렇게 서사를 마무리했지만. 난 아니라고 봐, "그리고 그들은 행복하게 잘 살았습니다"는 아냐. 인물들이 편안하게 그렇게 살 수는 없을 거야, 샤일록을 그렇게 짓밟아 놓고 과연 그럴 수 있을까? 그래서 제시카와 포샤의 사랑도 깨지고, 샤일록과의 관계도 다시 생각해 보게 하고 싶어.

제은   제시카는 사랑의 도주까지 했는데 헤어진다면 그 이유가 분명히 있어야 하지 않을까?

안나   포샤와 바싸니오도 마찬가지지.

상준   그런데 작가에게 따질 게 있다는 건 뭐지?

기영   쓰면서 한 가지 이상한 걸 발견했어. 제시카의 '그날 밤' 부분 말야, 아버지와 안토니오의 계약에 대해 사실은 제시카는 아무 것도 몰라. 그런데 3막 2장에 가면 자기가 다 알고 있는 것처럼 말하거든. 말이 안 돼. 그 부분 한번 체크해 볼까?

안나   몇 막 몇 장이야? (셰익스피어 원본 대본을 펼친다) 제시카가 처음 나오는 장면이 – 2막 5장이구나.

모두 대본을 펼치고 찾는다.

샤일록이 바싸니오의 만찬 초대를 받고 나가는 장면. 가

면 축제 패들을 집에 들이지 말라고 딸에게 엄한 주의를
주고는 외출해.

기영 그때가 저녁 5시경.

안나 (영어 대본을 따로 보며) 그때 제시카가 던지는 대사!
"I have a father, you a daughter, lost"[2]
"아버지는 딸을 잃고 난 아버지를 잃는군요!"
제시카는 탈출을 이미 결심하고 있어.

기영 샤일록이 나간 후 바로 로렌조가 등장해서 두 사람은 집
을 빠져 나가지. 이렇게 로렌조와 사랑의 도주를 해.

안나 (대본을 보며) 이어서 바로 안토니오가 나와서 가면 축제는
취소됐고 바싸니오가 곧 출항할거라고 알려줘.

기영 그때가 밤 9시.

안나 "T'is nine a clock."[3]
안토니오가 말해요.

기영 바싸니오가 벨몬트로 떠나던 날 밤, 제시카와 로렌조도
베니스를 떠나. 그리고 두 연인은 극 속에서 한동안 사라
져. 바싸니오가 벨몬트로 가 포샤의 마음을 얻고 결혼에
성공할 때까지. 3개월 동안. 그동안 바싸니오도 항해 중이
라 사라진다. 무대는 벨몬트로 이동하고 포샤가 등장하지.

상준 거기서 그 유명한 포샤의 세 상자 이야기가 나오잖아,
금, 은, 납으로 만든 캐스켓 3개.

---

2) 〈베니스의 상인〉 2막 5장 55행
3) 2막 6장 64행

"반짝인다고 모두 금이 아니다."

안나　"All that glisters is not gold!"[4]

기영　자, 바싸니오가 도착하고 무사히 포샤와 결혼식을 올리자마자, 아, 너무도 절묘한 타이밍에 살레리오가 등장한다. 베니스로부터 안토니오의 절박한 편지를 품고 말이야.

상준　바로 그때, 짠~ 제시카와 로렌조도 벨몬트에 나타난다. 3막 2장. 그래서, 이상한 게 뭐야?

기영　그 편지! 이상하지.

상준　살레리오(Salerio)가 가져온 안토니오의 편지?

기영　응 얼마나 걸려서 벨몬트에 도착했을까?

안나　그것도 3개월… 이라야 하는데?

기영　맞아, 바로 그 점! 거기에 의문이 있어. 바싸니오의 항해 시간이?

상준·안나　3개월?

제은　3개월이지.

기영　샤일록에게 써준 차용증서에도 상환 기한이 3개월이야!

제은　응? 그럼 편지 출발이 거의 동시였다는 말이 되잖아?

상준　배편이 아니고 비행기로 갔나?

기영　비행기가 있었다면. 그런데 바싸니오의 첫 항해 말야, 벨몬트까지 3개월이나 걸린다면 벨몬트가 아주 먼 곳이라는 설정이 되지. 그런데 그렇게 멀까? 베니스 가까운 한 해역에 있어야 할 것 같은데 말야.

---

4) 2막 7장 65행

상준 청혼하러가는 남자가 어디 경유해서 간 건 아닐 테고 베니스에서 벨몬트까지 직항으로 갔겠지. 배로 3개월? 그 정도면 인도까지도 갈 수 있었을 것 같은데? 혹시 한국까지 간 건 아냐?

안나 (웃음) 헐 한국까지나.

모두 웃을 때 안나가 핸드폰으로 바로 검색한다.

안나 상준 네 말이 일리 있어. 컬럼버스의 항해도 69일밖에 안 걸렸어! 아메리카 신대륙까지 가는데 말야. 69일이면 겨우 두 달 반이야, 석 달이 채 안 돼.

상준 겨우 69일? 스페인에서 아메리카까지? 그럼 17세기 서울에서 북경까지는 얼마나 걸렸을까?

기영 아, 그건 공교롭게 같은 3개월이야. 조선시대는 3개월 걸렸어. 〈열하일기〉에 보면 박지원이 석 달 걸려 북경에 도착해. 뭐 시대도 다르고 뱃길이랑 육로랑 다르겠지만.

상준 베니스에서 벨몬트까지 어마어마하게 먼 거리였네. 기영, 그래서 그 항해 타임이 뭐가 이상하다는 거야?

기영 벨몬트가 너무 멀어. 그 항해 기간도 너무 길고. 두 개가 관련 있다고 봐. 살레리오가 가져오는 안토니오의 편지 - 그 편지를 쓴 건 언제일까?

안나 바로 죽기 직전이겠지. 감옥에 투옥되어 절망한 상태에서 아끼는.

상준　(끼어든다) "사랑하는" 이야.

안나　(상준을 살짝 째려보고) 바싸니오에게 편지를 썼어. 죽기 전에 한번만 보고 싶다고. 그럼 그때는 이미 3개월이 지났을 때고. 빌린 돈 3000두캇의 상환에 실패했고, 감옥에서 죽을 날만 기다릴 때지, 오직 바싸니오만을 생각하면서.

기영　그렇지. 그 대목 한 번 읽어 보자. 상준이 읽어볼래?

상준　좋아.

"스윗 바싸니오,
내 배가 모두 침몰했어.
빚쟁이들은 잔인하게 날 괴롭히고 있어, 내 재산은 바닥이 났고.
유대인에게 준 차용증서는 기한이 지나 몰수됐어.
내 생명으로 밖에 갚을 길이 없게 돼버렸어.
죽기 전에 네 얼굴을 한 번만 볼 수 있다면
우리 사이의 거래는 없던 것으로 깨끗이 정리될 거야.
하지만, 괜찮아, 그곳에서 행복을 누리길
우리의 사랑 때문에 오기를 결심한다면 좋지만
이 편지 때문이라면 사양하겠네." (3.2. 313-319)

안나　내 말이 맞지?

상준　바싸니오를 "스윗(sweet) 바싸니오"라고 했어, 또 온다면 사랑(love) 때문에 오라고 썼어.

제은   여기서 문제되는 건 3개월이라는 기한이잖아. 돈의 액수가 아니라. 샤일록의 돈을 갚아야 할 상환만기 시한이 3개월이고 안토니오의 편지는 그 기한이 지났다는 걸 분명히 알려 주고 있어.

기영   그래. 그래서 베니스에서 벨몬트까지 두 번의 항해가 시간이 각각 다른 게 이상하다는 걸 알아차린 거지. 그게 내 포인트야. 살레리오는 편지를 가지고 벨몬트에 즉시, 즉시 도착해야 돼. 그래야 안토니오도 살리고 연극도 살리고. 재판 장면에서 포샤가 클라이막스를 멋지게 터트릴 수 있어!

상준   그러네! 편지가 똑같이 3개월 걸려 도착하면 안토니오는 이미 죽고, 연극도 말이 안 되고 김빠져 버린다.

기영   맞아! 제시카가 벨몬트에 도착하는 그 장면을 다시 볼까? 바싸니오가 로렌조와 살레리오를 환영해. (모두 대본을 본다) 그리고 편지를 읽고 상황 파악이 될 때까지, 217행에서 282행까지야. 3막 2장. 꽤 길어. 두 페이지가 넘어갈 때까지 제시카는 아무 말이 없어. 바싸니오가 편지를 다 읽고 패닉에 빠지고 살레리오가 샤일록이 얼마나 비정한 인물인지를 다 말해 줄 때까지. 그 후 제시카가 뜬금없이 불쑥 이렇게 말하는 거야. 제은이, 상준이 그 부분 한번 읽어 줄래?

상준   살레리오, 읽는다.
"네. 배 한 척도 건질 수 없었어요.
그리고 당장 갚을 돈이 있다 해도
그 유대 놈이 받을 것 같지 않더군요.

인간의 탈을 쓰고서 그렇게 야비하게
사람을 망치려 들다니요.
놈은 주야로 영주님을 성가시게 굴고
만약 재판을 열어 정의를
보여주지 않으면 베니스 시민 자유권에 대해
탄핵을 걸겠다고 떠들어댔어요.
수많은 상인들, 영주님 자신, 그리고 VIP 시민들이 나서서
놈을 설득하려고 애썼죠.
하지만 아무도 놈이 주장하는 벌칙, 정의, 차용증서의
조건대로의 재판 요구를 막을 수는 없었습니다. (3.2.270-
282)

제은   제시카,
"내가 아버지와 같이 있었을 때,
아버지가 친구 튜발과 츄스(Chus)에게
맹세하는 소릴 들었어요. 빌린 돈의 20배를 받기보다는
안토니오의 살 1파운드를 취하겠다고요.
전 알아요, 법, 권위, 권력이 개입하지 않는다면
안토니오는 죽게 될 거에요."(3.2.283-89)

상준   알겠다, 연출이 발견한 문제를.

안나   나도 알겠어. 제시카는 샤일록 아버지와 친구들 사이의
저 대화를 절대 들을 수가 없었다는 것. 맞지?

상준	그날 밤, 제시카는 아무 것도 몰랐어.
안나	알았다 해도… 저런 결론에 도달한 것 까지는 절대 알 수 없었을 거야. 저 때 쯤은 제노아에서 돈을 펑펑 쓰고 있었을 때 아냐?
기영	두 사람 빠르게 캐치했어. 맞아. 제시카는 제노아에서 돈을 펑펑 쓰고 있거나 아니면 제노아를 떠나서 벨몬트로 가고 있을 때였을 거야.
제은	그러네. 그런데 제시카가 이 말을 하는 이유가 뭘까? 자기가 모르는 사실에 대해서 굳이 이렇게 나서서 말할 필요가 있나? 좀 오지랖이다.
안나	보면 아직 안주인인 포샤와 인사도 나누기 전이야,
상준	그리고 아버지 샤일록의 악행을 잠자코 듣고 있었어. 기분 복잡했겠는데. 아무리 그래도 아버지와 딸 사이잖아.
기영	이때 제시카의 감정에는 작가가 전혀, 이상할 정도로 관심을 안보여. 상황 묘사에만 바빠. 그러니 이런 대사를 하게 만들었겠지.
제은	주변 사람들도 제시카에게 관심 없기는 마찬가지야. 내 생각에는 샤일록이 절대 물러서지 않을 거라는 걸 강조하기 위해서 딸 제시카를 이용해 이 말을 하게 했던 거 같애. 안 그래? 그리고 또 하나의 이유는 안주인인 포샤에게 잘 보이기 위해서였을지도 몰라. 낯선 집에 들어섰으니까. 연출 기영이 말대로 극 타이밍에 문제 있어. 안 맞아.
안나	야, 이거 대박이잖아? "셰익스피어 선생님, 혹시 실수하신

거 아녜요?"

상준 에이, 천하의 셰익스피어가 실수할 리가 있나?

기영 가끔 했어.

상준 뭐라고? 예를 들면?

기영 (미소) 소소한 것들, 있어, 실수라기보다는 잘못된 혹은 부주의한 설정이라고 해야겠지 파고 들어가면 그런 실수는 제법 있어. 그런데 누구도 의문을 제기하지는 않아. 애교로 넘겨버리지. 더 큰 줄기를 따라가는 거니까.

상준 제시카의 대사도 그렇게 보면 되잖아. 꼭 실수라고 꼬집는 것보다. 그런데 말야, 만일 제시카가 모든 상황을 알고 있기 때문에 저 대사를 했다면 어떻게 될까?

기영 아주 좋은 지적! 그렇게 되면 제시카가 집을 탈출한 시간이 달라져야해. 적어도 3개월 상환기간 직전이 돼야 맞아. 그렇지? 그러면 제시카는 바로 하루 이틀 전 베니스의 상황을 전하고 있다는 해석이 가능해.

안나 제시카는 베니스를 벗어나 바로 살레리오를 만나고 벨몬트로 가게 되는 거구나.

기영 그래야 돼, 만일 그렇다면, 저 대사는 할 수 있겠지만 제노아 여정은 어떻게 될까? 로렌조와 같이 제노아로 도망갔는데? 제노아 체류도 거의 3개월이라는 것, 그게 거짓이 되어버리는 아주 큰 위험에 직면하지.

제은 당시 배도 여러 종류 있지 않았을까? 아 그래도 바싸니오가 이용한 배 갤리선이 가장 빠른 배라고 볼 수 있겠네.

안나	급한 소식을 가지고 가니까 살레리오가 더 빠른 배를 탔을 수도 있어.
기영	그래도 크게 차이는 나지 않았을 거야. 당시 조선 기술이나 항해술의 수준으로 봐서 말야.
상준	이유가 있을 거야. 작가가 설마 그런 여러 가지 가정을 몰랐겠어?

제은의 휴대폰에서 카톡 소리. 깜짝 놀란다.

제은	미안해 잠깐만.

휴대폰을 들고 일어서 한 쪽으로 간다. 한동안 카톡 주고받는다. 대화는 목소리로 재생되거나 영상으로 보인다.

동생	누나, 연습 끝났어? 아빠가 누나에게 연락해 보라고 해서.
제은	왜? 또 무슨 일 있어?
동생	아빠가 발목이 삐끗했나봐. 병원에 모시고 가야할 것 같애. 많이 아파하셔.
제은	발이 또… 언제 그랬대?
동생	좀 전에 그랬나봐. 욕실 나오다가.
제은	네가 좀 모시고 가면 안 돼? 나 지금 연습중이잖아.
동생	나는 학원에서 수업 듣고 있는데… 시험도 곧이고. 누나가 좀 가면 안 될까? 나 지금 나갈 수가 없어. 중요한 수업.

제은　　나는? 되고? 너 연극 연습이 장난인줄 알아?

동생　　아빤데 어떡해 누나 부탁해.

제은

　

제은 한숨을 쉬며 휴대폰을 닫아 버린다.

안나의 휴대폰 벨이 울린다.

　

안나　　(통화) 응, 그래 알았어. 이제 마칠 시간 다됐어. 응 응, See

　　　　you. (시간을 확인하며 모두에게) 연습 더 할 거야? 7시 넘었

　　　　어. 제은 언니도 가야하는 거 아냐?

제은

기영　　집에서 호출이야? (휴대폰으로 시간을 확인한다. 모두 비슷한 동

　　　　작) 시간이 벌써. 그래 그럼 오늘 연습은 이정도로 하고 마

　　　　쳐야겠다.

안나　　내일 공연 기대된다.

상준　　〈베니스의 상인〉 아르코 극장. 8시.

제은　　제시카 대사 어떻게 처리할지 궁금해.

기영　　내일은 연극 봐야 하니까 대학로 카페에서 만나고 연습

　　　　후 모두 같이 가는 거다.

안나　　장소 어디지? 리알토?

상준　　그래 베니스 리알토가 아니고 대학로 리알토 카페.

안나　　누가 몰라? 난 알바 있어서 먼저 나간다. 괜찮지?

상준　　(안나에게) 알바가 아니라 남친 만나는 거 아냐? 뭘 비밀로

	하고 그래.
안나	신경 *끄삼.*
기영	응 먼저 가, 우리도 곧 나갈 거야. 안녕, 안나, 내일 봐.
안나	먼저 갈게. "All that glisters is not gold."

제은 얼굴에 조명 비취다가 무대 어두워진다.

대학로 리알토 카페. 한 사람씩 나타나 자리 잡고 앉는다.
기영은 노트북을 켠다.

상준	(기영에게) 다 썼어?
기영	아직.
상준	제시카가 주인공. 샤일록이 아니라.
안나	제시카가 누군지 모르는 사람들도 많아, 아는 배우에게 우리가 그런 연극을 준비 중이라고 했더니 "제시카? 누구지?"라고 묻는 거 있지. 샤일록밖에 기억 안 난대.
상준	유대인 샤일록의 딸. 기독교인 로렌조와 사랑의 도주를 했어요. 포샤는 다 기억하지만 제시카는 잘 몰라, 잊혀진 인물. 이 인물을 살려내라….
안나	연출, 대본 어느 정도 돼가?
기영	충분한 토론이 먼저 있어야 좋은 대본이 나옵니다. 이야기 빨리 진행하자. 다 앉아 보세요. 난 카푸치노, 뜨거운 거. 모두 커피 시켜. (자기 카드를 준다)

상준   (좋아하며 카드를 받고 주문하러 간다) 연출이 사는 거야? 헤헤, 모두 아아(아이스 아메리카노)지?

기영   연습 끝나고 아르코 공연 다 같이 보는 거 알지? 오늘 특별히 이 독립 공간을 예약했어. 백신 접종 완료자가 3인 이상이여서 가능했다구. 상준이가 수고 했어.

제은   잘했어, 탱큐. 조용하고 좋네.

안나   미 투.

상준 V를 그리며 커피 주문하러간다.

기영   지난 번 제노아 체류가 다 거짓이 되어 버린다는 문제- 기억하지?

안나·제은   응.

기영   자 새로 쓴 거야.

A-4 용지를 나눠 준다. 받아 들고 모두 눈으로 훑어본다.

안나   이 속에 문제 해결점이 있는 거야?

기영   나름. 설득력이 있을지는 모르겠어. 이 시간적 허점을 우리의 제시카도 발견하고 문제점을 따져보는 장면 써봤어.

제은   연출, 쓴다고 수고했어. 그게 제시카가 작가에게 따질 점이구나.

기영   응, 그래서 제노아와 베니스, 그리고 파두아의 위치를 지도를 보며 확인할 필요가 있어. 그 여정 문제를 다시 체크해 보려고.

기영 노트북으로 구글 지도를 띄우고 무대 뒤에 베니스 지도가 크게 뜬다.
기영은 대사에 맞춰 경로 확인을 해가고 배우들은 노트북 화면을 본다.
상준 커피를 가지고 온다. 모두 자기 커피를 챙긴다.

제은 상준, 탱큐 어게인.

안나 미 투.

기영 고마워 상준. 자 지도 좀 봐줘요. 제노아 찾았어?

제은 응 베니스에서 한참 서쪽, 서쪽 끝인데? 벨몬트는 어딜까?

기영 상상의 장소니 지도에 나타날 리 없어요.

제은 농담이야.

안나 제노아에서 베니스까지 250Km. 상당히 먼데? 그때 교통 사정으로 봐서 이동 시간도 엄청 걸렸겠어. 3개월은 꼬박 걸렸겠는데? 배도 타고, 마차도 타고, 또 걷기도 했겠지. (지도 상 경로 확인을 보며) 지금도 차로 4시간 이상 걸린다고 나와.

제은 오늘 지리 공부 제대론데?

상준 제노아 – 제시카와 로렌조가 저기로 간 거지? 왜 제노아로 갔을까?

제은 그냥 베니스와 반대 방향이니까 간 건 아닐까? 아버지가 찾지 못하도록. 또 대도시로 가야 했을 거야. 당시 제노아는 국제 도시였어. 베니스처럼.

기영 나도 그렇게 생각해. 자 이제 파두아(Padua)를 봐줘.

기영은 베니스에서 파두아까지의 경로 검색을 하고 관객은 이 영상을 공유한다.

상준 베니스와 아주 가깝다. 겨우 39.1Km. 30분도 채 안 걸리겠어. 자동차로. 제노아, 파두아 베니스, 세 도시가 거의 일직선으로 연결되는군. 신기하게 – 셰익스피어도 이걸 알았을 테지? 물론.

안나 그때 대항해 시대였잖아. 지도도 많았고, 여행도 많이 하고 또 여행견문록도 많이 출판되었을 때지.

상준 (약간 비꼼) 좋은 정보 감사합니다. 흥, 그럼 벨몬트는 어디 있나요?

안나 거기, 파두아 옆에 안보이나요? 너무 작아서?

상준 돋보기가 필요해요. 아, 노안이 너무 빨리 오네.

제은 됐네요, 벨몬트는 없어.

기영 그게 정답이야! 벨몬트는 없어.

이 말에 모두 픽 웃는다.

기영   (웃음) 벨몬트는 어딜까? 모든 비밀은 바로 거기에 숨어 있어. 원 텍스트에는 "머나 먼 벨몬트"[5]라고 나와 있어. 자 한 번 읽어봅시다. 제은이가 제시카, 안나가 포샤 읽어줘요.

상준   완전 지문 담당이야 내가.

A−4용지를 나눠 준다. 새로 써온 것이다.

제시카   제노아를 떠났을 때 살레리오를 만나지 않았다면 우린 어디로 갔을까? 바다 위를 계속 표류했을 지도 몰라요. 노마드처럼. 살레리오가 우리를 벨몬트로 가자고 권했어요. 그래서 같이 가게 됐죠. 살레리오는 베니스를 막 떠난 참이었어요. 그리고 즉시 벨몬트에 도착해야만 했죠. 안토니오를 살리려면.

이렇게 되면 3개월이 흐르는 동안에 일어난 사건들은 모두 거짓이 되어 버리는 어처구니없는 상황이 되니 어떡하죠? 제일 먼저 바싸니오의 3개월 여정이 부정되고, 아버지가 날 찾으러 튜발 아저씨를 제노아로 보냈던 것도 부정되죠, 거기서 튜발 아저씨가 내 소식을 탐문하고 안토니오의 배들이 태풍으로 침몰된 뉴스를 듣게 되고 돌아가서 아버지에게 전하는 것. 그리고 마침내 안토니오의 체포와 투옥, 이 일들은 모두 일어날 수가 없는 일들이 되고 말아요.

---

5) 5막 1장 17행 로렌조는 "run from Venice/as far as Belmont"라고 말한다.

포샤   (고개를 끄덕인다) 그 모든 일이 일어나려면 3개월이 필요한
게 사실이군요. 아, 그래서 바싸니오의 항해를 3개월 걸리
게 한 거 같군요. 그렇다고 당신의 제노아 체류를 지울 수
는 없어. 당신이 집을 떠난 건 바로 그날 밤이라는 게 다시
한 번 증명되는군. 참 딜레마다.

이 곤란한 문제를 생각한다.

제시카, 우리 작가 선생님이 당신이 제노아로 갔던 걸 3막
이후로는 깜빡 잊어버린 거 아닐까요? 깜빡 제노아를 잊
어버리고 그 대사를 하게 한 거겠지.

제시카   뭐, 뭐라구? 포샤, 깜빡 잊어버렸다구요? (웃음이 빵 터진다)
하하하, 잊어버려? 말도 안 돼!

두 사람 웃는다. 하이 파이브를 한다.

'머나먼 벨몬트'는 대체 어디에 있는 거야? 혹시 둥둥 떠
다니는 섬인건 아냐? 벨몬트는 황금양털이 있는 골키스
(Colchis)로 그려져 있잖아. 황금양털은 포샤 당신이고, 바싸
니오는 제이슨(Jason)이지. 일종의 이상향, 신화적인 공간?
황금양털은 그리 쉽게 얻을 수 있는 게 아니지. 그래서 바
싸니오의 항해를 그렇게 오래 걸리게 했을지도 몰라.

포샤   초반부 그때는 진짜 '머나 먼 벨몬트'였을 거예요. 그러나

제이슨이 황금 양털을 손에 넣은 이후에는 '가깝디 가까운' 곳으로 바뀌어버려요. 하루나 하루 반, 길어야 이틀 정도의 근접 거리로. 재판이 끝난 후 우리가 모두 벨몬트로 컴백 할 때도 하루나 하루 반 정도 걸려서 돌아오잖아요. 그러니까 전반부에만 3개월이 걸리고는 3막 이후, 살레리오의 여정부터는 아주 가깝게, 엎어지면 코 닿을 곳으로 변해버리는군요. 바싸니오가 6000 두캇이 든 돈 보따리를 가지고 다시 베니스로 갈 때, 만일 이 역여정이 똑같이 3개월이 걸린다면 이미 재판은 끝나고 안토니오는 죽은 목숨이겠지.

제시카   죽어도 한참 죽었겠어.

포샤   바싸니오도 베니스 법정에 즉시 나타나야해. 그래야 살아 있는 안토니오를 만날 수 있어.

제시카   맞아요!

포샤   그리고 내가 출발하잖아요, 네리사와 함께. 하지만 먼저 파두아로 가지. 거기 벨라리오(Bellario) 박사 – 이 분이 진짜 법학박사 – 그에게 법관복을 빌려서 베니스 법정으로 가죠. 나도 순식간에 법정에 나타나거든요.

제시카   흥, 그렇다면 벨몬트는 파두아와 아주 가까운 곳이네요? '머나 먼 벨몬트'는 아니라는 게 확실하군요.

포샤   '머나 먼'의 기준은 베니스일까요?

제시카   파두아일까요?

포샤   어쨌든 벨몬트는 '움직이는' 벨몬트? 고무줄처럼 멋대로 늘어났다 줄어드는 벨몬트라고 해야겠어요. 왜 그렇게 설정했을까가 궁금해지네요. 3개월이라는 시간… 3개월… 이 3개월이 벨몬트의 위치와 관계가 있는 것 같아요. 모든 비밀은 여기 숨어 있지 않을까요? 바싸니오는 항해를 하면서 잠시 무대 위에서 사라지게 해놓고, 그리고… 그동안 베니스에는 샤일록 씨와 안토니오만 남아 있어요. 이 앙숙인 두 사람 사이에는 긴장과 갈등이 점점 증폭되어 갔을 겁니다.

제시카 나도 사라졌어요! 아버진 그 사실을 알고는 길거리에서 미친 듯이 소리쳤다고 해요. "내 돈" "내 딸" "내 두캇" "내 보석" "예수쟁이 놈과 눈이 맞아 도망을 치다니" "정의를" "법을"[6] 하고 말예요. 불쌍한 아버지… 내가 얼마나 미웠을까? 그 분노와 증오와 배신감이 안토니오에 대한 증오심과 합해져 눈덩이처럼 커져갔을 거야. 아, 그래요 그 덩어리가 안토니오를 겨냥한 거예요.

포샤 제시카, 그래 그래 맞아요! 안토니오에게 몽땅 쏟아졌어요! 그 분노와 증오심이 쌓여 갈 시간 - 3개월이 필요했던 거야. 그렇죠, 텅 빈 베니스에 안토니오와 샤일록 두 사람이 남아 있었어. 한 사람은 크리스천, 또 한 사람은 유대인이야, 한 사람은 베니스 본토인, 또 한 사람은 타자, 이방인, 한 사람은 신뢰받는 부유한 상인, 또 한 사람은 천대받는 고리 대금업자. 생각만 해도 폭발이 일어날 것 같

---

6) 2막 8장 15-17행

잖아요.

제시카　안토니오는 유대인을 미워했어, 특히 아버지를 미워하고 멸시했어. 돈을 빌려주고 이자를 받는다고 말야. 유대인은 그 방법이 아니고는 돈을 벌 방법이 없었어. 아버지는 평생 당한 멸시에 대한 복수의 기회를 잡았던 거예요! 그렇지. 가슴 살 1파운드는 안토니오에 대한, 모든 잘난 체, 경건한 체, 고결한 체 허세부리는 오만한 크리스천들에 대한 복수였지! 그리고 가장 중요한 건 베니스 법 체제에 대한 저항이었어.

포샤, 당신이 법학박사 발사자(Balthazar)로 나타나지 않았더라면. 아니 벨몬트가 여전히 3개월 걸리는 머나먼 곳에 존재했었더라면, 그럼 안토니오는 무사히 죽었을 거예요, 가슴 살 1파운드를 떼어내고 말예요. 당신 부부는 아무 것도 모른 채 행복한 신혼 생활을 하고 있었겠죠? 그러다가 살레리오의 편지를 받게 되고 안토니오가 죽었다는 소식에 충격을 받게 되겠죠.

아버지는 그럼 어떻게 됐었을까? 복수는 했지만 역시 마음은 편치 않았을 거야. 존경받는 베니스 시민을 죽게 했으니까. 결말은 비슷했을 것 같다. 게토로 숨어들어 가버렸을 거야. 그래도 기독교로 개종이라는 최악의 형벌은 면했을 테지.

포샤　그래서 결론은 벨몬트는 움직이는 장소였다는 거. 작가의 상상 속에서 멀어졌다가 가까워졌다가 ― 편리하게. 아무도 눈치 채지 못했어요. 그 누구도 말야. 연극 구성에도 아무 지장이 없었고, 재판의 클라이막스를 위해선 최상의 방법이었어! 시간의 이중구조. 역시 셰익스피어 선생님이다!

제시카 포샤, 당신은 정말 발사자 박사처럼 똑똑해요! 그래도 난 3막 2장의 내가 하지 않은 말에 대해선 따지고 싶어. 그건 명백히 작가 셰익스피어의 실수!

포샤 제시카, 눈감아 줍시다, 그건.

제시카 흥 그렇게 쉽게요?

포샤 그럼 뭐 어떡할라구? 400년 전에 쓴 원본을 고치겠다는 거예요?

제시카 그러니까 그 대사 빼도 연극엔 아무 지장이 없어. 그냥 삭제하면 돼요.

포샤 그럼 당신 그 장면에서 그냥 계속 침묵해야 돼.

제시카 그러죠 뭐. 그게 더 자연스럽잖아요. 그 당황스러운 상황에서 그냥 침묵하는 게 최선이지.

포샤 우린 아직 아는 척도 안 했어. 왜 아무도 당신이 샤일록의 딸이라고 소개를 안해줬을까?

제시카 내가 그 대사를 함으로써 스스로 정체를 밝힌 셈이군요. 샤일록의 딸이라구.

포샤 그 대사의 이점은 그거군요. 그 사실을 모르는 사람은 나와 네리사밖에 없잖아요. 그때. 관객은 물론 다 알고 있고 말예요.

제시카 그러게. 작가 선생이 착각했다는 말로 밖에 설명할 수가 없네.

포샤　앞으로 그 작품을 하는 사람들은 그 대사를 빼기를!

침묵이 흐른다.

제시카　벨몬트, 벨몬트….

포샤

제시카　오늘 벨몬트에서 왔다고 하지 않았어요?

포샤　그렇죠.

제시카　그 움직이는 벨몬트, 그럼 오늘은, 오늘은 진짜 얼마나 걸린 거예요? 머나 먼 아니면 아주 가까운?

포샤　알고 싶어요?

제시카　정말 미스터리야.

포샤　오늘. 이제 진짜 벨몬트를 얘기해 볼까요?

제시카　진짜 벨몬트?

포샤　응. 진짜.

기영　잠깐, 시간이… 정리하고 나가야겠는데? 벌써 7시 20분이야.

모두 핸드폰 시간을 확인한다.

상준　기영, 극장으로 슬슬 가야겠다.

제은　벨몬트는 어디인가? 궁금증을 남겨 놓고….

커피 잔도 갖다 주고 가방 챙기고 모두 떠날 준비를 하는데
제은 머뭇거린다.

제은   저… 있잖아.

기영

안나

제은   아빠가 몸이 안 좋아서… 난 극장은 생략해야겠어. 일찍 들어갈래.

안나   언니, 왜? 아버지 많이 안 좋으셔?

제은   아니, 발목을 약간 삐었는데… 병원은 갔다 왔어. X-레이 찍고 초음파 찍고. 휴. 그런데 움직이는 게 불편하니까. 가서 식사 좀 챙겨드려야 할 것 같애. 같이 못 봐서 그러네. 기대했던 공연인데.

안나   그러게. 같이 보면 좋은데. 그래도 빨리 가 봐요. 좋은 딸 노릇도 중요하잖아. K-장녀! 얼른 얼른. 아버지도 빨리 나으시길.

제은   그래. 즐 〈베니스의 상인〉 상준, 연출 그럼 안녕!

제은은 아버지에게 카톡을 보낸다. "지금 갑니다"
무대 어두워진다.

어둠 속에서 빈 무대 나타난다. 극중 중 장면처럼 꿈처럼.
어스름한 조명 속에 한 쪽에 앉아 있는 제은의 뒷모습이 드러난다.

제은 아빠 발 좀 줘 보세요. 이리 이쪽으로. 제가 냉찜질 좀 해 드릴게요. 아뇨, 괜찮아요. 고생은요. (찜질 팩을 올려 놓고) 제가 연극하는 게 그리 싫으세요? 알아요, 제가 무슨 돈을 벌겠어요? 아직 멀었어요, 한 10년은 내공을 쌓아야죠. 알바하니까 괜찮아요. 사람들하고 같이 뭔가를 창조하는 게 좋아요. 모르는 분야를 많이 배울 수도 있고, 제가 좋으니까 괜찮아요. 그랬었죠. 글 쓰는 걸 좋아했죠. 엄마가 칭찬도 많이 해줬는데… 그런데 골방에서 혼자 글 쓰는 것보다 극장에서 여러 사람들과 힘을 합해 작품 완성해 나가는 게 더 좋아요. 혼자 글 쓰는 건 정말 어려워요. 내가 잘하고 있는지도 모르겠고… 작가가 되려면 여러 어려운 관문도 있거든요.

지금 하는 거요? 셰익스피어 작품이에요. 〈베니스의 상인〉이라구. 네 네 맞아요, 샤일록 나오는 거. 하하하 아빠도 샤일록은 아시는구나. 왜, 더 해드릴게요, 팔 안 아파요, 아빠, 오늘은 일부러 일찍 왔어요, 시간 있어요. (찜질 팩을 바꾼다. 사이)

엄마 일찍 돌아가시고… 아버지도 우리 남매 키우시느라 고생 많았어요. 아빠한테 도움이 못 돼서 미안해요. 제가요? 제가 뭐 한 게 있다구. 아녜요. 당연하죠. 동생은 어리고 아버지는 일하셔야 하구, 서툴지만 제가 조금씩 했죠. 아뇨, 아뇨, 괜찮아요. 아빠 이상하시네 오늘 따라 뭐 그런 말씀을 자꾸. 왜요, 딸이 안쓰러워 보이세요? (미소) 아, 얘

올 때도 됐는데… 오면, 아빠, 우리 통닭 시켜 먹을까요?

다른 쪽에서 포샤가 제시카의 손을 이끌고 나타난다.

제시카　여기가 어디지?

포샤　다 왔어. 여기는 벨몬트.

제시카　벨몬트? 여길… 왔어?

포샤　너무 놀라지 마. 네게 다시 보여 주려고.

제시카　(주위를 둘러보며) 멋진 곳이다. 저 정원도 숲도 강도 하늘
　　　　도… 정말 아름다워. 평화… 샬롬… (숨을 깊이 들이마신다)
　　　　여기서는
　　　　인간의 보잘 것 없는 모든 갈등이
　　　　다 공기 속으로 사라져 버릴 것 같애.
　　　　배도 고프지 않고
　　　　아프지도 않아.
　　　　유대인도 기독교인도 없는 곳.
　　　　부자도 가난한 사람도 없는 곳.
　　　　여기가 바로 거기.
　　　　천국으로 가는 사다리가 여기 있지 않을까?

포샤　머나 먼 벨몬트, 그 미스터리. 풀어줄까? 진짜 벨몬트의
　　　　모습 알고 싶다면.

제시카　포샤,
　　　　아름다운 벨몬트

그대로 머나먼 그 곳에 그대로 둬둬.
넌 영원히 바싸니오와 사랑을 속삭이고
난 로렌조와 변치 않는 사랑을
너도
나도
누구의 딸이 아니야,
그냥 나 나 자신으로

제시카의 얼굴에 조명 비취다가 무대 어두워진다.

안나, 제은이 들어오는 걸 보며 반긴다.

안나　　아 제은 언니, 아버진? 어떠셔?

제은　　우리 아빠? 음 그럭저럭. 더 나빠지지는 않고. 치료 잘 받아야지 뭐.

안나　　아버지도 빨리 나으시고, 동생도 합격하면 언니도 독립해요.

제은　　넌? 너나 어서 독립해. 그렇게 먼 데서 다니면서.

안나　　헤헤 돈이 없어요.

제은　　우리가 돈이 없지 꿈이 없나? 돈 있으면 혼자 나가서 독립할 수 있어?

안나　　제시카처럼 애인도 있어야지? 헤헤.

제은　　연극 어땠어? 재밌었어?

안나 응 만들긴 잘 만들었어. 무대 세트를 아주 신경 썼어. 의상도, 영상도. 제작비 엄청 썼겠던데.

제은 그런데, 내용은? 별로였어? 아 참 그 대사는? 제시카 대사 말야.

안나 그대로 했어. 무대에서 자연스럽게 넘어갔고. 연출이나 배우들이 몰랐을 수도 있지. 그런데 좀 이상하긴 이상했어. 이제 아니까. 굳이 저 말을 해야 하나?

제은 알아도 그냥 했을 수도 있겠지.

안나 이 공연도 역시 샤일록에게 힘을 많이 실었어. 그런데 훨씬 인간적인 샤일록이었어. 양면성을 가진 인간. 그리고 종교 대립은 많이 약화시켰더라구. 제시카는 여전히 가려져서 잘 안보이고 포샤만 지혜의 여왕으로.

기영과 상준 들어온다.

상준 왔어요. 안녕.

제은 응 어서 와.

안나 안녕

기영

안나 연극 본 거 얘기하고 있었어.

상준 우린 그날 소주 한 잔 하며 많이 씹었지. 히히. 연극을 돈으로 했다구 말야. 최고 극장에, 최고 배우들과 연출, 최고 크리에이티브 팀(Creative Team), 당연히 그 정도는 해야지.

아니 그 보다는 더 해야지. 응 비주얼로는 훌륭. 대학로 뒷
골목 가난한 연극하고 비교 안 되지. 난 항상 자괴감이 들
어. 그런 연극 볼 때마다. 가난한 연극 팀에게 그런 외부적
조건을 갖추어 주면 어떤 연극이 될까 하고.

기영 장기 공연하며 돈 버는 상업 연극 – 연극 한번 보겠다고
대학로 나온 사람들 호객하며 다 끌어가 버리는 그런 연
극이 더 문제지.

제은 해묵은 그 문제가 왜 고쳐지지 않을까? 그런 모습만 없어
져도 양질의 연극들이 힘을 받고 발전할 텐데.

기영 세미나, 토론회 엄청 했지만 별 변화가 없어. 다 왔으니 그
럼 이제 연습 시작할까? 우리 이번 작품으로 다음 제작비
지원 도전해 봅시다.

안나 오늘도 TNT 파이팅! 폭탄 투하, 편견 아집 차별 다 폭파!
그리고 빈 땅에서 새롭게 창조한다!

상준 (웃으며) 안나, 왜 그래? TNT 우리 극단 이름 뜻을 새삼스
럽게.

안나 그러니까 파이팅하자고.

모두 앉는다. 대본도 펼치고. 생수병도 놓고.

기영 연극은 잘 봤고. 우린 우리 작품 고민해야 해. 어떻게 다르
게 만들 것인가. 아르코 작품이 새로운 해석은 특별히 없
었다고 봐. (사이) 그럼 타이밍 문제는 이제 다 해결됐다고

봐야하나? 셰익스피어가 이중 시간 구조를 쓴 거고, 관객들은 눈치 채지 못하고, 후반부 연극진행에는 오히려 필요한 설정이 되었다는 것. 제시카의 대사는 여전히 문제지만. 이 문제는 이렇게 정리하고, 어쨌든 우린 이 점에 대해 알고 있는 게 좋아. 제시카가 따지고 싶은 건 이렇게. 이제 딸과 아버지의 문제로 넘어가 볼게. 한 딸은 아버지에게 반항하고 집을 뛰쳐나갔어 그리고 한 딸은 아버지에게 복종해서 원하는 남편감을 얻었지. 두 딸 모두 행복한 결혼으로 해피엔딩이야. 원 텍스트에서는.

A-4용지를 다시 나누어 준다. 새로 써온 것이다.

제은   참, 벨몬트의 진짜 위치, 얘기하다 말았잖아?

기영   아 그랬지. 벨몬트의 모델이 된 곳이 실제로 있었어. 놀랍게도.

안나   정말? 실제 장소가 있다구?

기영   응, 빌라 포스카리(Villa Foscari)[7]라는 저택이야.

상준   빌라 포스카리?

기영   포샤가 살았던 저택과 영지의 다른 이름이야. 옆에 브렌

---

7) 실제로 벨몬트의 모델이 되었다는 저택. 옥스퍼드 백작 에드워드 드 비어 (Edward de Vere)는 이 빌라를 1575년에 방문한 적이 있었다. 옥스퍼드 백작은 셰익스피어의 원저자라고 추정되는 인물 중 한 사람이다. 원 텍스트에는 바싸니오가 예전에 벨몬트를 한번 방문한 적이 있고 이때 포샤와 만난 것으로 되어 있다. (1막 2장 92-94)

타(Brenta)라는 조그만 강이 흐르고 그 강변에 위치한 대저택이지. 거기서 베니스까지는 아주 가까워. 원 텍스트에 보면, 3막에 포샤가 네리사를 대동하고 베니스로 향할 때 '오늘 20마일을 달려야 해'[8]라고 말하는데 그게 바로 이 빌라 포스카리에서 베니스 법정까지의 거리인 것 같애.

안나 어떻게? 왜 20마일이야?

기영 이 거리가 대체 어떤 거리를 말하는 건지 누가 알겠어? 아무도 몰라. 빌라 포스카리에서 배를 타는 퓨시나(Fusina)까지 5마일, 그리고 거기서 배로 베니스까지 5마일. 한 사람이 10마일이야. 포샤와 네리사 두 사람이니까 20마일이라고 계산한 거지.

제은 그럼 셰익스피어가 이 저택을 알고 마음에 두고 썼다는 말이 되잖아.

기영 그럼. 빌라 포스카리, 이미지 한번 볼까?

빌라 포스카리와 주변의 여러 이미지들이 무대 뒤 벽에 나타난다.

상준 와 멋있네! 포샤에게 어울린다.

안나 대박! 궁전 같은데. 멋있다.

기영 참고로 봐둬. 셰익스피어는 이 빌라를 알고 있었던 거야, 제은 말대로. 실제 가보지는 않았지만 방문했던 사람들로부터 얘기를 많이 들었다고 추정할 수 있어. 그리고 이 빌

---

8) 3막 5장 84행.

라를 벨몬트로 승화시켰어. 빌라 포스카리는 베니스 섬 맞은 편 본토에 있어. 그러니까 배를 타고 가야 하는 곳이 맞아. 바싸니오도 살레리오도 제시카도 배를 타고 도착했어. 파두아가 멀지 않은 곳에 있어야겠지. 빌라 포스카리에서 파두아 벨라리오 박사의 집까지는 겨우 30분 걸리는 거리. 빌라 포스카리에서 베니스까지는 17분. 실제로.

제은 왠지 실제 장소라니까 깨는 느낌이야. 그냥 '환상 속의 그대'로 남겨 두는 게 좋은데.

안나와 상준은 홀린 듯이 이미지에서 눈을 떼지 못하고 있다.

기영 그냥 참고해둬. 우리 계속 읽을까?

상준 (정신을 차리고 알아서 지문을 읽는다)

산 마르코 대성당의 종이 울린다.

제시카 저 종소리는 예나 지금이나 똑같아.

포샤 누구를 기다리고 있었던 거지? 잊어 먹었어. 정말.

제시카 정말. 아무도 오지 않을 것 같은 느낌? (침묵)

포샤 혹시 샤일록 씨가 아니고 셰익스피어 작가 선생님일까? 우릴 불러내고 만나게 한 사람이? 그 이유는 뭐지? 우리가 이렇게 필연적으로 다시 만나야할 이유가 있을까?

제시카

포샤 작가의 전지전능, 무소불위, 그래도 우리가 이렇게 남편들과 이혼하고 독립적으로 살게 될 걸 미리 상상할 순 없었을 거야. (사이) 바싸니오는 '머나먼 벨몬트'에 정을 붙이지 못하고 베니스의 안토니오에게로 자주 갔어. 제시카, 아까 내게 말해주려한 말이 그 말이지? 안토니오와 연인 관계라는 거?

제시카 (고개를 끄덕인다) 그래.

포샤 그는 남자도 좋아하고 여자도 좋아했어. 바람둥이에, 역시 내 돈을 물 쓰듯 썼지. 하지만 바싸니오와 그렇게 헤어진 건 마음이 아파. 안토니오와의 관계를 묵인해 줄 수는 없었지만, 양다리는 절대 용납할 수 없어, 안 돼.

제시카 다른 남자가 상자를 맞췄다면 어쩔 뻔했어?

포샤 그건 그래. 바싸니오도 내 마음을 감지했기 때문에 먼 길을 왔겠지. 만일, 만일 아버지의 유언이 없었더라면… 죽은 아버지가 살아 있는 딸을 꼼짝 못하게 했어. "오, 선택이라는 말! 난 원하는 사람을 택할 수도 없었고, 싫은 사람을 거절할 수도 없어. 죽은 아버지의 유언에 살아 있는 딸의 뜻은 아무 소용이 없었다구"[9]

제시카 죽은 아버지. 훌륭한 분이셨다는 네 부자 아버지도 딸에게 자유를 허락하지 않았다니! 난 우리 아버지만 유독 내게 그러는 줄 알았는데… 유언으로 그렇게 딸을 꼼짝 못하게 못 박아 놨어. 그래도 넌 그걸 지키려했으니 놀랍다!

---

9) 1막 2장 19-21행

불효녀가 되고 싶지는 않았나봐.

포샤   불효녀가 되어야 했어! 아버지의 법에 종속되어 있었어. 그 법을 벗어나서 불효녀가 되어야 했는데! 못된 게 한이다.

제시카 이 말에 웃음을 쿡 터뜨린다. 포샤 그녀를 살짝 흘겨본다.

웃긴. 들어봐. 이게 내가 따질 부분이기도 해.

제시카   오 그래? 말해 봐.

포샤   사실 상자 선택에 딸의 운명을 걸어 놨다는 건 너무나 불합리하고 어리석은 논리라고 생각해. 그게 진정 딸을 사랑하는 방법이었을까? 아니야, 절대, 절대 아니야. 이 딸의 감정과 판단력을 더 믿어줘야 했어. 그까짓 상자가 뭐람? 내 사랑과 선택이 더 더 더 중요한 거지. 만일 누가 바르게 선택을 했다 해도 내가 그를 사랑하지 않는다면? 그래도 아버지의 유언 때문에 그와 결혼해야해? 그럼 내게 죽음을 선고하는 거나 다름없지. 우리 아버진 이걸 미처 몰랐어.

제시카   그 허당 바싸니오가 상자를 잘 선택했다는 게 신기하고 놀랍기만 하다.

포샤   잘 선택하도록 내가 분위기를 조성했지. 그렇게라도 하지 않을 수가 없었어. 아버지 법에 대한 내 소심한 마지막 반항이었어. 음악도 연주해 주고, 마음이 편안하도록 상냥하게 대해 줬지. 그래도 놀라워 그렇게 단번에 상자를 바로 알아 봤다는 게. 난 그게 그 사람의 진실한 성품과 나에 대한 사랑이 작동한 결과라고 추호도 의심하지 않았어. (사이) 그가 그때는 날 사랑한 건 맞아. 맞을 거야. 그 사랑이 그리 길지 않았다는 게 문제였지. 영원한 건 없어. 베니스 남자들, 모두 얄팍해. 깊지가 않아. 로렌조도 그렇지 않았을까? 그리고 로더리고(Roderigo) − 진짜, 찌질이의 대명사지.

제시카 로더리고? 〈오셀로〉에서 데스데모나(Desdemona)를 졸졸 따라 다니는 남자?

포샤 맞아, 그 찌질이. 그래서 데스데모나도 베니스 남자들에게 환멸을 느끼고 오셀로(Othello)같은 타자 남자에게 반해 마음을 준 거겠지. 이해할 수 있어. 그녀에겐 오셀로의 지긋한 나이도 검은 피부도 매력적이었을 거야. 안 그래?

제시카 그게 네가 작가선생에게 따지고 싶은 거야? 아버지가 유언에 널 묶어 놓은 거? 난 대단히 요란스러운 걸 거라고 생각했는데… 그리고 너 베니스 남자들에게 집단 항의 받겠어. (웃음) 로렌조? 아니야. 우린 괜찮았어.

포샤 제시카, 솔직하게 꾸밈없이 말하기. 그런데 왜 헤어졌어? 네게 유책 사유가 있었어?

제시카 아마도. 기독교로 개종하긴 했지만 그건 그냥 몸에 맞지 않는 옷을 입은 것 같았어. 로렌조의 마음을 사기 위해 그 옷을 입었던 거야. 하지만 오래 입고 있을 순 없었어. 우리가 다시 제노아로 돌아 간 후 문제가 서서히 불거지기 시작했지. 그는 사사건건 유대교 교리나 행동거지를 비난하기 시작했어. 종교적 갈등이 고조되어갔어. 어려운 시기를 겪었지 그러다가 우리는 지쳐버렸고. 종교 문제는 과소비 문제로 치환됐어. 고급 옷에, 고급 와인, 전용 마차, 사냥… 나중엔 최고급 포르셰 자동차, 휴 내 돈을 마구 탕진했어.

포샤 그래서 싸우게 됐지?

제시카 자기는 내 돈을 마음대로 쓰면서 내가 쓰는 돈은 또 아까워서 얼마나 잔소리를 해대는지, 정말 아버지 잔소리에 이어 남편 잔소리가 끝이 없었다니까. 젠장, 완전 돌아버릴 것 같더라구.

포샤 바람은 안 피웠니? 그러면 진짜 끝장인데.

제시카

포샤 현장을 못 잡았구나. 쯧쯧. 그래서? 로렌조는 베니스로 돌아갔고 너도 이어 다시 돌아 온 거구나.

제시카 돌아 올 수밖에. 여기서 나고 자랐는데… 내가 제일 좋아하는 이 바다, 이 거리 리알토 다리, 탄식의 다리 모두 그리웠어….

푸른 바닷물. 파도 소리, 종소리 다시 들린다.

시간이 많이 흐른 것 같애… 종이 여러 번 울렸어.

포샤 넌 누구를 기다리는 거야? 역시 아버지? 아니면… 나… 였어?

제시카　e-mail로 연락이 왔어. 오늘 정오 쯤 만나자고. 누군가 아버지 대신 보낸 거라고 생각했어.

포샤　난… 난 사실 다시 만나고 싶지 않아. 처절한 그 원망… 나도 네 아버지의 불행에 한 몫을 했다는 것.

제시카　가장 나빴던 건 역시 안토니오의 청원이었고 그게 법으로 받아들여진 거라고 생각해. 유대인에게 기독교로 개종하라고 한 것 − 재산을 다 뺏는 것보다 더 치명적이었어. 내가 몸으로 겪었잖아. 완전 자발적이고 순수한 개종이 아니라 타의에 의한 개종이나 불순한 목적을 위한 개종은 고문일 뿐이야. 더구나 형벌로 개종을 해야 한다면 그건 진짜 비극이고 죽음이지. 포샤, 누가 네게 유대교로 개종해야 살려 주겠다고 하면 어떻게 할래? 하겠어?

포샤　나? 순교자가 될 수밖에 없을 거야.

제시카　베니스 법정이 그렇게까지 잔인하게 했어… 진실은 네 현란한 언변에 놀아난 거지. 아버지에겐 법적 효력이 있는 증서가 있었어. 그건 문자화된 거야. 그 증서가 말로만 했던 네 법해석보다 더 무게 있고 중요한 거였어. 따지자면 말야.

포샤　네 말도 틀린 말은 아냐. 하지만 다음 조항에서 걸리지. 어떤 타자 이방인이 베니스 시민의 목숨을 노릴 때 처벌받도록 돼있어.

제시카　그 처벌이 개종까진 가지 않았을 거야.

포샤　결론은 그렇게 났지만 그래도 당시 사람들은 유대인에 대해 편견을 어느 정도 수정하지 않았을까?

제시카 유대인도 인간이라는 사실? 웃긴다 정말.

포샤 샤일록 씨가 "유대인은 눈이 없나? 손이 없나? 다치면 상처입고, 겨울에는 춥고 배고프면 밥을 먹고"라며 자기도 인간이라는 걸 말하는 대목에서 당시 사람들은 놀라 까무라쳤을 거야. 안토니오도 사실 엄청 놀랐을 게 틀림없어, 겉으론 드러내진 않았지만.

제시카 넌?

포샤 나? 나도 깜놀이었지. 미안하지만 나 역시 유대인이 인간이라고는 미처 생각 못 했던 게 사실이야. 미안.

제시카 인간이 아니면 뭐야? 괴물? 외계인?

두 사람 픽 웃음을 터뜨린다.

포샤 사실 날 더 놀라게 한 사람은 너야. 너라는 여자.

제시카 나? 왜?

포샤 그 지옥 같은 독재자 집을 탈출하고 애인과 도망을 친 용기 – 난 그런 생각 못 했거든. 무덤 속 아버지 영에 갇혀 벨몬트에서 한 발 짝도 못 떠났는데 말야. 제시카, 넌 대단해.

제시카 내가 사라졌을 때 아버지가 뭐라고 그랬는지 아니? "딸년이 내 발치에서 죽어버렸으면"[10]이라고 했어.

10) 3막 1장 69~70행

내가 떠나지 않았다면 정말 난 아버지 발치에서 죽었을지
도 몰라.

내가 집을 나선 날, 그 날 밤이 내 인생을 되찾은 날이었
지.

더 이상 아버지에게 얽매어 몸종처럼 집사처럼 사는 걸
거부한 날이었어.

그때서야 나는 나 자신, 제시카가 되었던 거야.

샤일록의 딸, 유대교인 제시카는 그날 밤 죽고 기독교인
제시카로 다시 태어났던 거지. 유대교를 버렸고 아버지를
버렸지. 그리고 로렌조도 내 환상인 걸 곧 알아차렸어. 억
지 개종한 종교로 부터도, 난 벗어났어. 난… 자유야. 어느
누구도 다른 어떤 존재를 지배하거나 억압할 수는 없어.

포샤   (박수를 친다) 리스펙트! 난 말야, 난… 부끄러워. 남자 옷을
빌려 입고 법관 노릇한 난 정말 아무 것도 아니었어. 남자
옷을 입어야 내 말이 들리게 할 수 있고, 남자들도 그 말을
경청한다는 것. 여자는 블랭크, 블랭크, 보이지도 않고 들
리지도 않는 존재.

내가 여자인 걸 법정에서 밝히지 못한 게 지금도 부끄러
워. 마지막에 그 법관 옷을 확 벗어 던져야 했는데. 이게
내가 작가선생님에게 진짜 따지고 싶은 대목이야. 왜 내
정체를 마지막에 밝혀 주지 않았냐고 말야. 내가 여자인
걸 알고 놀라 뒤로 자빠지는 남자들을 내 눈으로 봐야
했어!

제시카   (박수를 친다) 리스펙트! 그랬으면 세상 뒤집어졌을 거야, 생각만 해도 통쾌하다.

포샤   작가가 그렇게 쓰지 않았어도 나 스스로 그렇게 할 수는 없었을까? 정말 정말 후회하고 있어.

제시카   포샤, 너도 400년 전에 쓴 원본을 고치겠다는 거야?

포샤   2021년 이후 공연에서는 시도해 볼 수 있지 않을까?

제시카   흠. 그래 좋은 생각이야. 하지만 그때는 어쩔 수 없었지, 여자는 학교에도 못 갔고, 출판도 못했고, 법관도 될 수 없었고, 법정에 들어갈 수도 없었으니까. 포샤, 그래, 벨몬트가 어쩌면 네게는 감옥이었겠다. 그 감옥에서 널 구원해 줄 사람이 상자를 맞춘 자겠지? 아니면 그 구원자가 감옥을 지옥으로 변하게 하던지.

두 사람 잠시 말을 잊고 바다를 바라본다. 바닷물 철썩이는 소리.

상준   이게 끝이야?

기영   끝은 아직.

상준   아직? 계속 아직 이야?

기영   이제 큰 줄기는 거의 잡힌 것 같애. 하지만 좀 시간을 줘.

상준, 더 말하려다 참는다.

기영   (상준 눈치를 살피면서) 오늘 읽은 거 어떻게 생각해?

제은 두 여자가 따지고 싶어 했던 이슈는 다 나온 거지? 마지막 제시카의 말 인상적인데. 결국 그렇게 됐군.

안나 아버지와 딸 이야기 좀 더 세게 가도 좋을 것 같애. 제시카가 아버지에 대한 감정이 좀 양가적이야. 한편으로 증오하면서 한편으로는 뭔가 변명하고 보호해 주고 싶어 하는 심리가 느껴져.

제은 나도 포샤처럼 제시카에게 리스펙트! 제시카의 혁명적인 독립은 부러운 부분이야. 당시 어떻게 집을 뛰쳐나가는 생각을 했을까? 모든 것이 여자에게 불리한 세상에서 아무리 집이 감옥 같아도 말이지.

상준 (참고 있던 것이 터진다) 이거 여자 두 사람만 나오는 2인극인 거야? 난 뭐 할 게 없네, 지문만 읽고. 연출, 2인극으로 갈 거야?

기영 아니, 그건 아니고. 말했잖아, 마지막에 샤일록이 등장하거나 셰익스피어가 등장하거나 아직 생각 중이라고.

상준 아직, 아직. 고도우처럼 기다리다 나타나지 않아도 되겠네 뭐.

이 말에 모두 아무 말도 못한다.

상준 흥, 내 말이 맞군.

상준 대본을 덮어버리고 밖으로 나간다. 나머지 사람들 뜨악해서

가만히 있다.

기영 (상준이 나간 곳을 잠시 쳐다본다. 잠시 후) 잠깐만.

기영이 밖으로 나간다. 남은 두 사람 사이에 침묵이 흐른다.

안나 정말 2인극으로 가려는 걸까?

제은 글쎄… 상준이 샤일록이나 바싸니오 생각하고 있었던 것 같은데. 남자는 나오지도 않고.

안나 제시카와 포샤 – 원래 두 여자에게 포커스를 맞춰서 각색하기로 했고 상준이도 그걸 알고 있었는데… 우리가 배우도 모자라니까 기영이도 맞춰서 쓰고 있잖아. 우리 단원들이 현재 타 극단 공연에 참여하고 있으니까 어쩔 수 없어.

제은 그래도 남자 하나는 나와야 하지 않을까? 상준이도 있는데 말야. 우리가 남자 배우가 없다면 또 모를까. 한 사람이지만 있잖아. 물론 더 있어야지. 그리고 스텝도 부족하고.

안나 다른 공연하고 있는 사람들 오라고 할 수도 없고 스케쥴 조정이 제일 힘들어. 마냥 기다릴 수도 없는 거고. 기영이가 연출할 수 있으니 다행이지. 여자 배우 우리 두 사람. 남자 배우 상준이 있고. 스텝은 차차 확보될 거야. (사이) 내 생각엔 이대로도 괜찮은 것 같애. 상준에겐 미안하지만. 두 딸의 이야기 – 그렇게 가도 괜찮은 것 같지 않아? 아

	르코 공연과 확실히 변별력은 생기지.
제은	그래도 상준이에게 역을 하나 줘야지.
안나	조연출하라고 하면 안 될까? 스태프도 부족한데.
제은	안 하려고 할 걸? 뭐 극단 사정에 맞춰야 하겠지만.
안나	언니 말대로 우리 공연은 정말 색다르게 가야된다고 봐. 2인극이면 완전 새로운 각색이긴 하지. 제목도 〈제시카〉로 붙이면 딱일 것 같애. 아니면 〈벨몬트〉? 〈머나 먼 벨몬트〉도 괜찮고. 난 2인극 마음에 들어.
제은	그래도 상준이가 맘에 걸린다.
안나	다음 공연도 있잖아.
제은	그렇지, 지금은 모든 게 좀 부족하긴 해.

두 사람 밖의 동정을 살핀다. 기다린다. 들어오지 않는다.

| 제은 | 저 사람들, 이상한데? 우리 나가볼까? |

두 사람 밖으로 나간다. 무대 어두워진다.
다시 극단 TNT 연습실.

안나	(기영에게) 다 썼어?
기영	아직.
제은	완성 대본 곧 나오길. 제시카가 주인공인 〈베니스의 상인〉 파트 2.

안나   제시카가 누군지 모르는 사람들 이번 공연으로 확실히 알
　　　　게 될 거야. 내가 아는 배우는 우리가 이번에 이렇게 공연
　　　　준비 중이라고 했더니 "제시카? 그게 누구야?" "〈베니스
　　　　의 상인〉에 그런 인물도 나와?"라고 했어, 속상하게. 그 친
　　　　구는 꼭 와서 봐야해.

제은   제목은 정했어? '제시카'로 가는 거야?

기영   아니. 가제야, 좀 더 생각해봐야 할 것 같애. 완성본이 나
　　　　오는 거 봐서. 엔딩을 잘 써야할 것 같은데. 아이디어 좀
　　　　줘. 아직 산 넘어 산이야.

노트북을 꺼내놓고 A-4 용지를 나눠 준다. 상준은 앉지 않고 아
까부터 한 쪽에 비딱하게 서 있다.

안나   야, 썼구나!

제은   누가 나오는 장면이야? 오, 바싸니오네, ㅋㅋㅋ.

기영   일단 한 장면 추가해봤어. 상준이를 위해.

제은   좋아, 상준, 뭐야? 이리 와 봐.

상준 어색하게 다가온다.

기영   (상준에게) 읽어봐. 지문은? 안나가 읽고.

안나   (생긋 웃으며) 그래.

푸른 바닷물, 바싸니오, 탄식의 다리 앞에 서 있다. 광장 바닷가 멀리 검은 색을 칠한 곤돌라가 보인다.

바싸니오 (상준) (다리를 한참 쳐다본다) 저 다리만 보면 그 불쌍한 유대인 노인이 생각난다. 어쩌면 저 탄식의 다리를 건너살 뻔 했거든, 하지만 포샤의 영리한 판결이 결과적으로 샤일록도 살리고 안토니오도 살렸다고 해야겠지. 3개월… 긴긴 항해였어. 바다, 바다, 바다, 배 위에서 오직 포샤만 생각했어. 대부금 상환기간 따위는 전혀 염두에 두지 않았어. 그야 안토니오의 배가 보화를 싣고 돌아올 거라고 믿었고 샤일록과의 그 계약은 순조롭게 처리 되리라고 생각했지. 젠장, 태풍이 그때 몰아쳐 배를 삼켜버릴 줄 누가 알았겠어?

사실 긴 항해 동안 – 무슨 일이 일어나도 일어나지. 바다 위에서도, 땅 위에서도. 벨몬트에는 수많은 청혼자들이 몰려들고 있었고 그 중 누구라도 먼저 상자를 맞춰서 포샤를 차지할 수도 있는 시간이야. 그 생각에 진짜 초조했어. 날 수 있다면 벨몬트까지 날아가고 싶었어! 사실 그 상환기간을 염두에 둬야했던 사람이 바로 나였지. 안토니오를 그렇게 위기로 몰아넣은 사람이 샤일록이라고 모두 말했지만, 아니, 아니야, 내가 바로 그 사람이었다는 거.

한숨을 쉰다.

우리가 너무했다는 생각이 늘 마음 한 구석에 걸려 있었어. 그 영감이 그렇게 고집만 부리지 않았어도 그렇게까지 비참하게 되지는 않았을 테고, 우리도 이렇게 평생 심적 부담에 찌들지 않아도 됐을 텐데 말야. 아, 6000 두캇 받고 조용히 사라져 줬다면 이런 일이 없었을 것 아냐. 난 정말 그 영감탱이에게 죄를 지은 것 같더라구. 안토니오는 자기 목숨이 위험했으니까 나보다는 덜한 거 같았고 포샤도 마찬가지였지, 뭐 한 다리가 천리니까.

샤일록 사건은 베니스에 큰 파장을 불러 왔었지. 유대인에 대해서도 관심이 쏠렸고. 그래도 유럽 다른 도시에서보다 그나마 이 베니스에서 안전하게 살았었지. 영국에서는 깡그리 추방되었다고 해. 하지만 여기서도 안전은 겨우 홀로코스트(Holocost)까지였지만 말야. 그때 완전 다 다 잡혀갔지.

한숨을 쉰다.

난 내 인생 낭비하고 있었어, 베니스 골목 골목 누비며 술 마시고 노래 부르고 – 툭하면 안토니오의 돈을 내 돈처럼 썼어. 빚도 이미 많았는데 뭘 믿고 그랬는지 모르겠어. 안토니오의 우정을 내가 이용해 먹었다는 말도 내 귀에 들어왔는데, 시인할 수밖에 없다. 난 허당 건달 루저였었어. (쓴웃음)

로렌조나 그라시아노, 우린 어울려 다니며 굶주린 하이에 나처럼 먹이 감을 찾고 있었어. 평생 편안한 삶을 보장해 줄 부잣집 딸, 돌싱 부자 귀부인, 혹은 부유한 상속녀. 재물과 미모를 겸비한 여자를 – 베니스 법에는 결혼하면 여자의 재산은 모두 남편의 소유가 되어버리는 거, 우리 에겐 딱이었지.

생각한다.

왜 그랬을까? 그건… 우리 성향이 원래 그랬던 걸까? 아니, 그건… 글쎄, 인정하고 싶진 않아. 우린 아버지에게 물려받은 재산도 없었고, 특별한 재능도 없었고, 아, 한 가지는 있군. 미켈란젤로의 '다윗' 상처럼 잘 다듬어진 이 얼굴? (냉소) ㅋㅋㅋ, 아, 난 참 웃기는 별 볼일 없는 놈이야. 포샤에게 미안하지. 벨몬트 생활이 곧 답답해지더라구. 길들여지는 것처럼 느껴졌어. 내 안에 야생의 기질이 꿈틀 거렸어. 안토니오를 못 보는 것도 힘들었고. 포샤는 안토니오에게 반지를 건네주며 내가 일탈하지 못하도록 영리하게 그를 보증인으로 만들었으니 … 그때 그녀는 우리 사이를 이미 눈치 챘던 거야.

포샤의 목소리로

"이번엔 안토니오 당신이 보증인이 되어 줘요. 이 반지를 그에게 주고 저번보다 더 소중하게 간직해야 된다고 말해 줘요."[11]

휴, 꼼짝 할 수가 없었어. 그 아름다운 벨몬트가 감옥이었고 지옥으로 변해갔어. 사랑도 서서히 식어갔지. 먼저 탈출한 친구가 그라시아노였어. 물론 로렌조는 제시카와 곧 제노아로 돌아갔고. 그라시아노를 언제 만났지? 술독에 빠져 살고 있었어, 술 사는 돈은 어디서 나는지? 여전히 네리사의 돈으로 먹고 살고 있겠지. 구제할 수없는 알콜 중독자야, 빌어먹을.

탄식하며 다리를 쳐다본다.

이 베니스에서 우리는 여전히 한 발자국도 벗어나지 못하고… 샤일록도 아직 이곳에 살아 있을 거야. 그동안 한 번도 마주치지 않은 것이 이상할 정도다. 혹시 죽은 걸까? 아니야, 죽었다면 소문이 들려왔을 텐데… 안토니오는 그리스의 오나시스처럼 베니스의 거부가 되었고, 점점 날 거들떠도 보지 않게 변해갔어. 최고급 자가용 배에 미소년을 태우고 다니더군.
베니스에는 어마어마한 관광객들이 몰려와. (자조의 웃음)

---

11) 5막 1장 254-55행

지금은 코비드19 땜에 좀 한적하지만. 구이다 투리스티카 (Guida Turistica) 투어리스트 가이드. 이게 내가 지금 하는 일이야. 관광객들을 데리고 두칼레 궁이나 리알토 다리, 그리고 이 탄식의 다리로 데리고 다닌다. 피자집에도 데려가고.

아, 어느 날 한 관광객이 이런 질문을 했어. 묘하게 기억에 남아있어. 여자였어. "혹시 베니스에 샤일록의 집이 있나요? 베로나에 줄리엣의 집이 있는 것처럼 말예요? 없다면 베니스 시에 건의해서 만들면 좋겠네요."

참신한 생각 아냐? 리알토 다리 근처에 하나 만들어봐도 좋을 것 같애. 아니면 지금도 남아 있는 북쪽 유대인 게토 누오보(Ghetto Nuovo)에다가 만들어 놔도 될 거야. 관광객들이 그 집을 보려고 엄청 몰려올 게 확실하지. 제시카가 탈출한 그 이층 방을 보려고 박이 터질 거야. (쓴웃음) 괜찮은 아이디어야. 진짜로. 난 관광객들을 데리고 샤일록 집을 보러 다니겠지? 이런 웃기는 일이.

안나   가이드가 됐어?

제은   정말 베니스에 샤일록 집이 있다면 나도 가보려고 할 거야.

안나   (상준에게) 어때?

상준   (씩 웃으며) 야, 너네만 대사할 때 내 배가 얼마나 아팠는지 알아? "난 눈이 없어? 손이 없어? 배우로 대사하고 싶었다구" 사실 샤일록을 기대하며 이 대사도 다 외웠지만. 바싸니오. 좋아. 잘 할 수 있어. 사건 이후로 특히 바싸니오가 마음이 안 편했을 것이라는데 공감. 하지만 디스를 많이 했네. 부정적 성향으로 그렸어… 건달 루저.

그라시아노도 알콜중독자가 됐고 – 그럼 로렌조는 어떻게….

기영   그건 아직.

상준   로렌조 후일담도 궁금해진다.

안나   뭐 로렌조까지. 로렌조도 관광업에 종사하는 거 아냐? 후후. 그러다가 리알토 다리에서 제시카랑 우연히 만나. 헤헤.

제은   기영 연출, 정말 수고했다. 그런데 아직 다 쓴 건 아니지? 빨리 완성대본 받아 보고 싶어. 우리 모두 화이팅이야! 아르코 공연과는 확연하게 변별되는 작품이 되길. 우리 작품 문제의식 끝까지 붙들고 가야해.

기영   호화로운 갤리선 등장도 없고 포샤의 우아한 벨몬트 저택도 없어. 우리 연극은 그로토스키(Grotowski)의 '가난한 연극'(Poor Theatre)처럼 갈 거야. 그럴수록 배우 연기가 아주 중요하다는 것. 우린 극장도 80석 짜리 낡은 소극장이야.

안나   그래, 반짝인다고 모두 금은 아냐. All that glisters is not gold!

기영   연기 중요!

제은   대본도 아주 중요, 잘 해봐야지!

안나   하지만 언젠가는 아르코에서 공연할 날이 오고 말거야!

상준   당근! 〈머나 먼 벨몬트〉 파트 2. 제시카와 포샤, 그리고 바싸니오!

바싸니오 목소리로 관객에게

"혹시 베니스 리알토 다리 옆 샤일록의 집을 방문하고 싶지 않으세요?"

제은의 휴대폰 벨이 울린다. 황급히 받으며 주위 눈치를 살피며 일어선다.

제은   여보세요?

제은 얼굴 위에 조명 남으며 무대 어두워진다.
연극이 끝난다. *

한국 희곡 명작선 92

머나 먼 벨몬트

초판 1쇄 인쇄일   2021년 11월 25일
초판 1쇄 발행일   2021년 11월 30일

지 은 이   이지훈
만 든 이   이정옥
만 든 곳   평민사
　　　　　서울시 은평구 수색로 340 〈202호〉
　　　　　전화 : 02) 375-8571 / 팩스 : 02) 375-8573
　　　　　http://blog.naver.com/pyung1976
　　　　　이메일   pyung1976@naver.com
등록번호   25100-2015-000102호
ISBN　　 978-89-7115-806-7   04800
　　　　　978-89-7115-663-6 (set)
정 　 가   8,000원

이 책은 사단법인 한국극작가협회가 한국문화예술위원회의 2021년 제4회 극작엑스포
지원금을 받아 출간하였습니다.